I0542804

La gravedad
de lo mundano

Ani Palacios

La gravedad de lo mundano
Todos los Derechos de Edición Reservados
© 2024, Ani Palacios
Pukiyari Editores
Foto de autora: © 2017, Leticia Wiggins

Prohibida la reproducción total o parcial de este libro. Este libro no puede ser reproducido, transmitido, copiado o almacenado, total o parcialmente, utilizando cualquier medio o forma, incluyendo gráfico, electrónico o mecánico, sin la autorización expresa y por escrito del autor, excepto en el caso de pequeñas citas utilizadas en artículos y comentarios escritos acerca del libro.

ISBN-13: 978-1-63065-165-7

PUKIYARI EDITORES
www.pukiyari.com

A mi padre, por tanto amor,

tantos momentos inolvidables,

tantas lecciones de vida

Índice

Prefacio

La gravedad de lo mundano es con toda seguridad el libro que más me ha costado escribir y publicar. Teniendo bajo la manga diez novelas y una variedad de antologías, ¿por qué un libro de microrrelatos puede tomar tanto esfuerzo?, muchos se pueden preguntar. He allí la razón para este prefacio.

En primer lugar, por tratarse de microrrelatos, los cuales considero bastante difíciles de lograr, debido a que el mismo concepto dicta que se debe realizar un cuento entero con pocas palabras. En segundo lugar, e incluso más importante para mí, el momento en que la mitad de estos cuentos cortísimos fueron concebidos.

Corría el año 2021, el mundo se enfrentaba a la pandemia del COVID-19, muchos países decidieron aislarse por completo. A miles de kilómetros de Ohio, en donde vivo, mi papá llegaba a los momentos finales de su cáncer. Por uno de esos milagros, la vacuna se hizo disponible tanto en Estados Unidos como en Perú, las fronteras abrieron y por fin pude viajar.

Debido a la depresión causada por la pandemia y la ansiedad por llegar a despedirme de mi papá, yo había dejado de escribir. Me sentía como un jilguero que no podía cantar. Al poco tiempo de aterrizar en Lima y empezar a visitarlo diariamente sentí por fin la necesidad de poner en papel lo que me estaba pasando.

Cuando se lo conté a mi papá, me dijo que él también pronto empezaría a pintar de nuevo. No lo llegó a realizar, lo cual es una pena muy grande ya que él era naturalmente dotado con buena mano para la pintura.

En su momento a esos escritos los titulé simplemente "apuntes". No tenía intención de publicar pues el material me pareció demasiado personal como para compartir con el mundo.

Tres años han pasado y a esos apuntes del 2021 le fui sumando otros microrrelatos. Algunos fueron seleccionados para diversas antologías. Me fui encariñando con la idea de hacerlos públicos. Eso es lo que hoy comparto con ustedes.

Ani Palacios
Autora multipremiada,
directora de Pukiyari Editores

San Valentín

A la medianoche del 14 de febrero un espectáculo de fuegos artificiales despierta al vecindario. Desde el parque surgen bombardas de colores que revientan haciéndose eco en las paredes de los edificios. Las alarmas de todos los carros se unen al bullicio. Los vecinos corren a buscar cubierta pensando que se trata de un tiroteo. Detrás del tronco de un árbol, el amante chamuscado mira hacia una ventana esperando el "sí" de la chica de sus sueños. En una habitación oscura la joven deseada duerme a pata suelta. Todo ha sido por nada. Ella ni se enteró.

Apatía

Una enorme nube de nada se cierne sobre mí, se roba mis emociones, mis intenciones, mi pulso. Existo. Respiro. Mi corazón late. Y, sin embargo, me siento desganada para todo. Apatía enferma, cruel, ablandadora. ¿Estoy viva?

El clóset

La madre llora, se santigua, pregunta qué es lo que hizo para merecerse tanta crueldad, tanta abominación, cuando ella puso todo de sí para criarla bien. Cuando ella se preñó en Estados Unidos, con un gringo guapo, de buena familia, exitoso. Cuando dejó todos los vicios atrás y tomó sus vitaminas y fue al doctor para que su beba nazca sana y fuerte. Cuando fue a la iglesia y rezó por ella y la llevó a bautizar y a su primera confesión y a su primera comunión y hasta la encaminó para su confirmación.

La hija trata de consolarla. «No es tu culpa. Tú no hiciste nada. Dios me hizo así».

La madre se persigna, la maldice. «Dios no te puede haber hecho así. Tú eres perfecta, tú eres mi hija, tú eres mujer, mira tu cuerpo, toca tus senos, traza tus caderas, busca tu clítoris, siente la sangre caliente corriendo desde tu vagina todos los meses. Tú eres mujer y mujer debes quedar».

La hija explica, recuenta todas las veces que quiso decirle y no se atrevió. Le ofrece pruebas científicas. Negocia con ella. Le ruega que la deje ser quien es, que la deje salir de la profundidad de ese oscuro clóset a la luz del día. «He esperado lo suficiente. He renegado. He llorado. Me he pedido cambiar, dejar atrás lo que siento, quedarme sin vivir como quiero para no ofenderte, para no ofender a ese Dios estricto y leguleyo al que te aferras. He tratado, pero no he podido ser mujer. Y la verdad es que, si Dios hizo todo en este mundo, entonces también me hizo a mí, y me hizo tal y como yo sé que soy. Quiero salir de este clóset y vivir mi verdadero yo, quiero sentir mi cuerpo como debe ser y ver mi reflejo en el espejo sonriéndome con satisfacción. Quiero liberar a mi verdadera personalidad y echar a volar mi espíritu. Quiero escapar la soledad de este encierro a donde las reglas sociales me han relegado. Quiero amar bajo nuevas sábanas blancas, quiero amar sin sentir la suciedad que nos hace cargar la resentida, rancia, rata, sociedad».

La madre gimotea, trata de convencerla con lágrimas, con razones emotivas, con qué dirán y cómo te explico a los otros ahora. «¿Y tus abuelos? ¿Y la familia fuera de Estados Unidos? ¿No te preocupa acaso que los perdamos a todos? No tengo siquiera las palabras para decir lo que ha pasado, lo que hice mal. Como yo, le van a echar la culpa a este país, con sus ideas tan liberales. Es que te han envenenado, es que te han hecho creer algo que no puede ser. Vamos, que te llevo a ver al párroco, seguro que el padre Manrique sabrá las cosas precisas que decirte. Y si no sabe cómo hablarte para convencerte de la majadería de este odioso experimento al que quieres donar tu cuerpo, él sabrá a dónde te pueden tratar, a donde te pueden curar, a donde te pueden exorcizar ese maloso espíritu que te ha convencido de ser algo que no eres. Yo sé que no lo eres».

La hija da un paso y otro y otro, encuentra el aplomo necesario para no dejarse ganar por todas las razones para quedarse en el clóset. «Estoy decidida, madre. No hay vuelta atrás. Soy quien soy. Lo siento en mi cuerpo, este cuerpo que hoy odio por no reflejar quien soy en mi interior, este cuerpo que pronto será confeccionado nuevamente, pero esta vez a mi medida. Es que usted no lo ve, pero yo sí. Es que usted no lo siente, pero yo sí. Es que usted no lo vive, pero yo sí. Soy un hombre, madre. Y ni el amor ni el respeto que le tengo me detendrán esta vez».

La madre se desmaya, al despertar le pide que llame una ambulancia.

Lel hijao lo niega, sabe que está tratando de mantenerlao en el clóset, que su madre buscará una y otra excusa para no dejarlao salir a la luz del día. La madre le explica los peligros, trata de disuadirlao con razones. «¿No te das cuenta de lo cochino que es ser así? ¿La de enfermedades con las que te castigará el universo? ¿No sabes que nadie te va a ayudar? ¿Que a dónde vayas te van a echar? Es muy peligroso. Te van a matar. Te van a matar y luego vendrán por mí».

Lel hijao explica que así como vive está ya muertao. «¿No lo ve, madre? En esta oscuridad, en este féretro confinado en el que vivo, no existe la alegría ni la esperanza y, menos, el amor. Vivo en tinieblas, en desazón, vivo muertao, careta de mujer atornillada a mi verdadero rostro. Prefiero vivir feliz por unos días que morir cada mañana sabiendo que la felicidad se encuentra al otro lado de esta puerta».

La madre se aferra, coloca su cuerpo enfrente de la salida. «Si lo haces, si tratas de salir tendré que encerrarte a la fuerza, tendré que poner clavos en la puerta y guardianes que no te permitan escaparte».

Lel hijao se acuclilla, la besa con ternura en la frente, luego la mueve para un costado y la coloca más allá de la puerta, bajo la sombra de unos vestidos. «La quiero, madre, y la respeto, por eso no me he atrevido antes a romper su corazón en mil pedazos. Pero esta es mi vida y la tengo que vivir como yo mismo. Si no lo puede entender, si no lo puede bendecir, aunque le duela, es mejor que nos despidamos».

El hijo mira a la madre por última vez, tan pequeña, tan diminuta, tan perdida en ese clóset. Tal y como él se sintió hasta ese día. El nuevo

hijo sale del clóset, el útero materno queda vacío.
La madre queda en el clóset.

Seleccionada para la Antología de narrativa LGBTQ+ escrita en español en Estados Unidos y Puerto Rico. Ars Communis 2023

El deseo

Esa noche deseó que el universo le diera más tiempo para disfrutar a su familia. Cuando llegó a su oficina a la mañana siguiente, lo primero que encontró en su despacho fue su carta de despido.

Seleccionada para Con la urgencia del instante – Antología de microrrelatos en español. Ars Communis, 2023

Dulce pasión

—Te deseo —susurró la mujer, sus pupilas dilatadas, su saliva convirtiéndose en mar turbulento dentro de su boca, el sudor perlándole la frente.

—Cómeme —contestó lujurioso el amado del otro lado del vidrio.

—Te deseo como nunca he deseado nada —siguió ella, la mirada expectante, el corazón saltando dentro de su pecho.

—Cómeme. Te haré feliz.

—Te deseo... pero... estoy comprometida... Ni sé por qué he venido... —

murmuró la mujer, las lágrimas corriéndole por las mejillas arreboladas.

—¿Y qué? Nadie sabrá de lo nuestro.

—Te deseo tanto... pero no puedo... — la mujer dio media vuelta y se alejó de ese garito de perdición, de la flagrante tentación y de su dulce amado. Turbada, corrió lejos de la pastelería.

Intenso final

—¡Ayúdame! —escuché un chillido
horroroso que pareció amplificarse dentro de mi
mente y desperté de inmediato. Quise saltar del
asiento para correr al socorro de mi paciente,
pero no lo logré. Era como si estuviese
atornillada en la silla. Lo intenté de nuevo y por
fin mis esfuerzos dieron fruto. Noté que mi
cuerpo parecía gelatina sin coagular. En ese
momento escuché pasos acercándose y un grito
de terror. Sobre la cama yacía inerte mi paciente.
Y en la silla de enfermera de noche estaba mi
cuerpo inmóvil y descolorido.

Llorada natural

El oftalmólogo me recetó unas lágrimas artificiales después de la operación de las cataratas, pero apenas el farmaceuta me dijo el excesivo precio de las benditas agüitas ya no las necesité pues de inmediato me eché a llorar a mares.

Pasar a mejor vida

Dicen que los muertos han pasado a mejor vida, que desde el Reino de los Cielos pueden escucharlo todo, que desde ahí nos ven, nos cuidan. Ahora que tú has muerto, ahora que ya no respiras, ¿has pasado a mejor vida?, ¿me ves?, ¿me cuidas?

Vacía de vida

Hay personas que de tanto llorar se secan por dentro, se vuelven como piedras, áridas, ariscas, vacías de vida, su espíritu se vuelve como un desierto. No las notaba antes, ahora las veo doquier. El duelo en los empáticos abre una puerta secreta a otro nivel de intuición, al sentir, por ti, por otros, por el mundo entero. Y ahora no puedo evitar a los que sufren y a los que están secos por dentro. Un infinito oscuro se cierne sobre su cuerpo, los habita sin piedad. Hablan, se ríen, están pero no están. Me duele verlos. Yo aquí lloro y lloro y por nada me seco.

Actividades varias

Hay personas que para no llorar aprietan el acelerador de su vida cada vez más fuerte, se llenan de tareas, se hunden en un mar de actividades, se deslizan cada vez con mayor velocidad en una carretera de pendientes. Evitan así los sentimientos, nadando en los océanos del imprescindible deber no encaran, no sufren, no duelen por dentro.

Lo normal

¿Qué es normal? Eso es lo que me pregunto ahora cada vez que hago algo. ¿Qué es normal cuando un ser querido se nos muere? ¿Hasta cuándo debe uno estar enterrado con el muerto?

Terapia

Empiezo terapia sin saber lo que quiero. Siento todo y no siento nada. ¿No tener objetivos es tal vez el objetivo? Anestesiada un momento, fibromialgia total al siguiente.

Miro a la doctora. Me reflejo en ella. Busco en sus ojos una respuesta. Ella busca en mis ojos una pregunta. Quiere ir la ruta fácil y diagnosticarme con depresión. ¿No es acaso deprimente perder a un ser querido?

Conversamos más rato, hay que completar la hora. Cuento mi historia. La versión resumida porque se acaba el tiempo. Ella tiene otros clientes esperando, otras miradas donde encontrar preguntas, otras mentes donde arrimar respuestas.

Mi boca se seca. Mi alma se arruga. El tiempo se consume. Nos decimos los adioses. La ventanita del Zoom se apaga. Llega la cuenta. Son ciento cincuenta. Ella no se mete con el seguro. Me deja eso de tarea. Hacer algo me hará sentir bien. Una hora regalada a la diosa de la nada.

Me miro desganada en el reflejo del monitor. Sigo anestesiada.

A la deriva

Como un barquito sin vela y sin remos, en una noche sin estrellas, sin compás ni ruta, ni un soplo de viento siquiera para navegar, me dejo llevar en medio de la turbulencia, meciéndome mar adentro, muy adentro, cada vez más alejada de la costa, a la deriva.

Por primera vez en mi vida sin norte ni sur que avistar, alejándome para acercarme y encarar este océano de dudas, este maremoto de preguntas, me dispongo a resolver cada interrogante en la intimidad de la oscuridad, en el medio de la nada. Y agradezco el absoluto silencio mientras no opongo resistencia a quedar por una pausa larga, larguísima, a la deriva.

La Tierra ya no gira

Piso la tierra y ya no existe, el eje de mi planeta se ha quebrado en mil pedazos que vuelan en cámara lenta en el líquido amniótico de un universo paralelo. Llega el Día del Padre y las redes sociales me gritan que soy huérfana, que todas las fiestas han acabado, que las aventuras se han esfumado, que los planes futuros quedan suspendidos en el tiempo. Piso la tierra y a mis pies lo único que siento es el vacío, un bruno hueco hondísimo sin fondo a la vista, un abismo en donde se licúan un hervidero de emociones, un horror de confusiones que confabulan en la ingravidez de la nada, un vértigo de recuerdos en pequeñas viñetas de la vida que fue. Quiero gritar, pero el mundo ya no gira, el eje se ha roto y mi voz se pierde en el infinito de las estrellas que han partido.

Tiempo presente, tiempo pasado

Hasta hoy eras tiempo presente, a partir de mañana serás tiempo pasado. Es cruel tratar de entender que alguien que estaba aquí, ojos abiertos, labios sonrientes, chispa entera, es de un momento a otro un recuerdo, alguien que "ha partido", "nos ha dejado", "ya está en el Cielo" … eufemismos y frases de consuelo que nos decimos, que nos dicen, que repetimos para nuestros adentros y expulsamos para nuestros afueras en un vano intento de calmarnos por esa pérdida irremediable, el punto final a una vida extraordinaria. Sólo en sueños estaré ahora permitida de verte en tiempo presente, como siempre eras, como siempre fuiste, generosidad hecha hombre, noches filosóficas entre hondos tragos de Manhattan, el sonido de la playa, el abrazo de tu voz en el teléfono, el aroma de la carne en la parrilla, las palabras precisas en un momento de dolor, lecciones de vida que he sembrado a donde he ido, la aventura… siempre la aventura. Para el mundo eres tiempo pasado, pero para mí siempre serás mi personaje favorito, entrañable y atemporal, en donde vivirás siempre en presente.

A la espera

Hoy pienso en todos los que no llegaron a tiempo. Los veo en imágenes, me reflejo en ellos... lloro su tristeza, la tristeza del inmigrante... Recuerdo una realidad paralela, un sueño mil veces llorado...

El cementerio espera las flores que no llegan, la visita al muerto cuya alma ya no está, el arribo de quien yace cada noche en una cama lejos, añorando lo que dejó, buscando el momento preciso de abordar ese avión, de presentarse ante el difunto con gardenias y oraciones, con lágrimas guardadas y palabras que no se dijeron.

Pero el tiempo no espera, no se detiene, no baja su velocidad solamente para contentar a quien quisiera pausarlo para algún día estar, pero estar de verdad, en persona, tal y como la recordaban. Tal y como ella los guardaba en su memoria.

No hay tal. Todos crecen. Ella crece, se vuelve mayor, tiene sus achaques, sus amores, sus pesares, su vida en otro lado. Y la lluvia llega y se va. Y la primavera llega y se va. Y los nacimientos, las bodas, los aniversarios, los paseos, las vacaciones, las enfermedades, las defunciones llegan y se van. Las alegrías y las tristezas compartidas son nubes efímeras, sin contexto y sin alma, que llegan en el correo, en la voz en el teléfono, en el mensaje de texto y pronto son enterradas por la actividad del día a día, por la vida hecha en un país donde siempre la verán como extranjera.

Ella quiere verlos y espera la oportunidad.

Pero el tiempo, maldito tiempo que corre sin parar, no la espera.

Y lloro de nuevo porque ella soy yo.

Heridas

He venido pa'que me hieran, pa'que me digan cosas acerca de mí que no son verdad, que nunca fueron verdad. He venido pa'que me rompan, pa'que me hagan recordar porque me fui en primer lugar. He venido pa'que me usen, pa'que me expriman por todo lo que nunca lo hicieron, pa'que me saquen el jugo y se lo beban y me dejen toda estrujada, arrugada el alma, en medio del camino. No he venido pa'ser héroe. He venido a pagar mis deudas, años acumulados de deudas en el extranjero, en el purgatorio donde se vive bonito. He venido pa'que me conozcan, en

las crisis es donde nos conocemos de a veritas…
veritas… veritas lux mea. La verdad es mi luz.
He venido pa'que me hieran, pa'que en esa dulce
venganza encontremos juntos la verdad.

*Seleccionada para la antología de la Feria
Internacional del Libro de Nueva York, 2022*

Tanto tiempo fuera

Tanto tiempo fuera, viendo desde lejos, viviendo desde lejos, riendo desde lejos, celebrando desde lejos, sufriendo desde lejos.

Tanto tiempo fuera. Tanto tiempo de no estar dentro. Tanto tiempo de no saber cómo estar, cómo ser, cómo participar.

Tanto tiempo fuera. Tanto tiempo participando sin participar, viéndolos crecer, envejecer, empezar a recontar sus pasos para dirigirse a esa otra vida.

Tanto tiempo fuera. Tanto tiempo de no experimentar, la dulzura, la amargura, el infinito abrazo en el agua cristalina del amor incondicional.

Tanto tiempo fuera. Tanto tiempo deseando estar dentro, de vivirlo en persona, de sufrirlo en carne propia, de saberte parte de la historia, del recuerdo imperecedero.

Tanto tiempo fuera. Tanto tiempo estudiando sus palabras, sus gestos, sus amores, sus desamores, sus éxitos, sus fracasos. Tanto tiempo tratando de adivinar cómo interactuar, qué es lo que los hace reír, qué es lo que los hace gozar, qué es lo que están pensando cuando fruncen el ceño, qué los hace por siempre vibrar.

Tanto tiempo fuera. Tanto tiempo de caminos no tomados, de senderos paralelos... ¿cómo, entonces, dime cómo encuentro la ruta, la puerta al útero materno?

Trauma y luto

Me subo al taxi vestida de marciana.
Doble máscara. Protector facial. Poncho para la
lluvia de un apestoso plástico rojo *all the way*
desde la China. Rojo comunista. Rojo peruano.
Todo tiene un mensaje. Abro la puerta con un
pañito de Lysol y me dedico a la tarea de limpiar
el asiento, la cerradura, la ventana. Ni siquiera
saludo. Todo tiene que estar limpio. Este es el
trauma de empezar la pandemia desde cero.
Estoy vacunada pero no me lo creo. Olvido lo que
ya sé, que la enfermedad no está en las
superficies, que limpiar es una tontería. *Estás a*

salvo, trato de decirme, pero no sueno muy convencida. Para nada. Limpio y limpio, el enemigo ataca desde el aire, dicen. ¿Y si desde el aire cayó y se asentó en donde yo voy a tocar? ¿Y esta cosa de plástico que parte el carro en dos: adelante el chofer, atrás los pasajeros? ¿Este aparatejo me protege? No creo. Veo huecos por donde el aire, los *droplets* de los que tanto habla el doctor Fauci, pueden pasar. Y, después de todo, yo voy sentada donde otros cientos se han sentado. Limpio y no digo nada, sé que estoy poniendo nervioso al pobre taxista. Viaja con la muerte a su lado, pero igual siente miedo. Uno no se acostumbra. Termino la limpieza y por fin subo, me siento, cierro la puerta. Entonces saco un frasquito que tiene una solución antibacteriana en aerosol y aprieto varias veces. Sí, sí sé que combatimos un virus y no una bacteria, y que lo que pongo en el aire podría ser agüita de azahar *for all I know*, lo sé e igual me hace sentir un poquito más segura. Me imagino que el joven que ha perdido el trabajo y ahora tiene que manejar con la parca al costado todo el día está preparándose para que le haga algo. *Esta vieja tiene que estar loca*, pensará. Cualquiera que haya visto *Criminal Minds* sabe que esta es la primera escena de un crimen terrible. Le hago conversa para que se sienta más cómodo. «Es el virus, ¿sabe? Nunca se puede estar segura del todo…». Y así nomás, como si nada "raro" hubiese sucedido segundos atrás, le inspiro confianza. El taxi se convierte en una especie de confesionario. La necesidad de contacto humano la tenemos todos. Háblame, háblame de cualquier cosa. Déjame saber que todavía estoy aquí, que todavía existo, que me ves como un ser humano, que me escuchas, que me entiendes. Todos queremos llorar y abrazarnos, pero no podemos. La partición del taxi en el que viajamos durante esta pandemia se ha interpuesto en nuestras vidas, entre nosotros, entre nosotros y todos los que queremos. Los podemos ver, pero no abrazar. Dos metros de distancia. Les podemos hablar, pero no mucho, vaya a ser que salgan las gotitas asesinas. Dos mascarillas. Los podemos amar, pero ahora también les tememos, vaya a ser que traigas al bicho en la ropa. Dos pasadas con alcohol. Los podemos apreciar, pero sólo a los ojos, y nos vamos olvidando de lo que una sonrisa puede hacer para el alma. ¿Tal vez para el veintidós saldremos de ésta? ¿Y el trauma? ¿Y el luto que llevaremos a cuestas? Los muertos no se pueden revivir. Los que quedan son trauma viviente, luto mundial. El acecho constante, persistente, implacable, de la muerte, seas quien seas, vayas a donde vayas. Herida profunda. Trauma profundo. Fractura mental profunda. Lesión espiritual profunda. De eso nos rescatamos poco a poco, como podemos. No regresaremos a la normalidad, no a la normalidad que conocíamos, una guerra se ha librado en el planeta y los que quedamos, si quedamos, estamos marcados con el aliento de la parca así

nuestras nuevas sonrisas busquen decir lo
contrario.

El escapismo

Salgo de un país para entrar a otro, de una pandemia para entrar a otra, de una burbuja para entrar a otra. Benditos somos los que podemos aislarnos, mantener nuestra distancia, tener los recursos para usar un tapabocas fresco cada vez que nos adentramos en la jungla de peligros en la que se ha convertido la calle. Benditos somos los que podemos escapar, siquiera por un momento, el acoso de la muerte en gotitas que caen desde el aire. Escapamos de nuestros miedos para sobrevivir un día más. El instinto de conservación es fuerte. Escapamos gracias a la política, ¿quién lo diría que algún día hablar de postulantes a la presidencia de un país que muere de corrupción sería una distracción salvadora? Y es que el punto es buscar esperanza en donde se pueda, como se pueda, con quien se pueda. El masoquismo de contar los muertos, de pensar en cómo murieron, solos, ahogándose, tiene un límite. El corazón se sobregira de los nervios, de la ira, de los por qué y los debí y los pude y los no sabía. El alma se arrastra, se achica intentando salvarte de ti mismo, se deshace enviando mensajes de amor incondicional, mandando señales que pasan desapercibidas porque el amor es difícil de sentir cuando lo que buscas es escapar. Lo logras por un momento. Lo que dura un episodio de una serie, un capítulo de un libro, una sesión de meditación. Escapas tus propios pensamientos. Piensas que has engañado al puto sufrimiento, al lugar a donde te fuiste en tu mente parece no poder llegar, pero cuando regresas a la realidad, ahí está todo, igualito, esperándote, burlándose de tus burdos intentos de escapar.

Tomada de la reja

Paredones, cercos eléctricos, púas, rejas. Vemos pasar los días protegidos por nuestras cárceles, nuestras murallas de papel. El enemigo está allá afuera, lo podemos ver, oler, sentir. Salir es enfrentarlo sabiendo el riesgo, tomando el riesgo, tal vez hasta buscando el riesgo. ¿Es prudente el que se queda detrás de su reja y valiente el que sale? Languidecer de tristeza se convierte en hábito, en daño a largo plazo. ¿Es imprudente el que sale y sabio el que se queda? La medida del riesgo que estamos dispuestos a tomar se da hoy, durante la pandemia, el inesperado apocalipsis. ¿Será un imprevisto si desde hace décadas nos dicen que se viene esto? Sabíamos, pero soberbios que somos dijimos que nunca pasaría. Y sucedió. Y nos hicimos los sorprendidos. *Surprise*, los científicos hablan con la verdad en la mano. Nosotros somos los tontos que no queremos creerles hasta que ya los zombis están a la puerta. Exigimos nuestra libertad todos los días, pero nos da pereza resguardarla con el sacrificio necesario en el presente. Y cuando llega el fin del mundo ofrendamos lo que tanto protegimos para, desahuciados, escondernos en nuestras miserables cárceles.

Ya no estoy

Cada vez que trato de escabullirme a la calle mi suegra me rocía con alcohol como si fuera agua bendita y me bendice como si me estuviera yendo a la guerra. Es que subirse a un taxi es, al parecer, un acto de valentía en este Perú que se ahoga a las puertas del hospital esperando una cama, el aliento salvador del oxígeno que no existe durante esta pandemia de enfermedad maldita y maldita corrupción.

Ya no estoy en el *mall* gringo, en donde sólo se le teme a la muerte al azar a manos de la locura de un solitario pistolero que, al no querer vivir, tampoco deja vivir. Su último acto es el de venganza contra los inocentes.

Terrorismo mental.

Ya no estoy en el sistema de salud que te mata del susto con sus cuentas millonarias.

Ya no estoy en el manicurado suburbio, en donde el que puede se aferra a sus sueños llenando cientos de solicitudes de trabajo y se cuelga del teléfono para implorar por su cheque de desempleo mientras muere de soledad.

Ya no estoy.

Ya no estoy.

Ya no estoy.

Abro los ojos. La realidad es otra, pero la muerte es la misma. El dolor no tiene fronteras y la sonrisa que no vemos debajo de una mascarilla se dibuja por un instante en los ojos, olvidadiza de la situación, y desaparece, regresa al dolor de la soledad acompañada, el grito del que no quiere morir.

Y nos aferramos todos a lo que fue, a lo que debería ser, a lo que pudiera ser.

Una ráfaga de aire entra liberadora por la ventana con timidez abierta, vaya a ser que por ahí también entre la maldita muerte de los que van gritando por la calle una canción de angustia que no tiene cuando acabar.

La ansiedad se dispara.

Es volver a empezar. El enemigo casi destruido en otro país, en otra semana, en otro mes, vuelve a aparecer con fuerza. El miedo se disfraza con doble mascarilla y protector facial, y encima un poncho para la lluvia en un desierto en donde nunca llueve. El miedo se arma de alcohol y gel, de gel con harto alcohol, pañitos de Lysol y un desinfectante en aerosol que me recuerda al agua bendita de mi suegra. El apocalipsis, la pesadilla empieza nuevamente. La cuenta atrás, esperando por el bienestar, por la salvación, por las promesas que no llegan a cumplirse. Las manos que se lavan y se lavan, esperando algún día dar los abrazos que hoy no se pueden dar. Están limpias, ¿lo ves? Duelen de lo limpias que están. Si hasta huelen a lejía y alcohol y jabón antimicrobios. Pero el riesgo es demasiado. Y las lágrimas ruedan tarde en la noche.

Es un purgatorio que se repite detrás de cada frontera, detrás de cada cortina, detrás de cada mascarilla. Y el reloj se atrasa, meses, años, décadas. La naturaleza vibra, preciosa, contraste constante ante el temor de ya no estar.

Algún día podré abrazarte, si todavía estás.

Seleccionada para #NiLocasNiSolas. Narrativa escrita por mujeres en EE.UU. El BeiSmAn PrESs, 2023

Amor en el aire

El hombre recibe un texto. Abre la ventanilla y desde su teléfono se conecta a la cámara de la puerta. Es ella llegando a casa cargada de paquetes. El hombre se excita, pasa la última hora del trabajo en la oficina fantaseando acerca del contenido de aquellos paquetes. ¿Qué estará tramando ella? Se emociona más mientras piensa en el olor en el aire, el gusto de cada sonido, el sabor que pronto degustará su lengua. Está todo en preparación. Él lo sabe. Se relame. La excitación es lo único que lo mantiene cuerdo mientras pelea con el tráfico. Al abrir la puerta la ve contoneándose frente a la estufa mientras tararea un estribillo pegajoso. «Ya casi está listo», voltea a decirle ella mientras le ofrece el cucharón para ir probando. Sus ojos se llenan de lágrimas de agradecimiento.

Adicciones necesarias

Y cuando no tengamos más drama en casa, cuando nuestra relación sea pura dicha, ¿con qué nos vamos a entretener?

Tumba solitaria

Cuando terminó de cavar su tumba se dio cuenta de que no tenía quien lo sepultase.

Mitad de camino

Al llegar un poco más allá de la mitad del camino y darse cuenta de la soledad que la esperaba, la horrorizada mujer exclamó: «Algo muy grande se ha roto dentro de mí y no tengo idea de cómo arreglarlo».

El acantilado

Vuelvo al lugar en donde una tarde de verano me quise quitar la vida. La sombra de una iglesia cercana me sorprende. No la recuerdo. ¿Estaba allí antes? ¿Por qué no la construyeron mirando al mar? Las preguntas impertinentes cruzan por mi mente mientras el aire húmedo y grueso del acantilado cercano me abraza con ternura, me reconoce de años atrás, de cuando todo era extremo... Y el dolor de perder a un amor, a un primer amor, por más prohibido que fuese, me enloqueció. Pienso en él, mucho mayor que yo, lo más probable es que ya a estas alturas estuviese muerto. Pienso en mí, en lo mucho que esa experiencia me transformó. Pienso en esa tarde frente al mar, al borde del acantilado. Nadie lo sabe, pero ese día ganó el amor, el amor a mí misma, esto es. La vida ganó ese día. Pero sobre todo lo que me pudo más fue el temor de arrepentirme mientras caía.

Canciones para mi funeral

Tenía los dientes chuecos y el aliento a café amargo. Sus pálidos labios teñidos por la amarillenta nicotina del constante fumar. El rostro surcado de profundas arrugas que en conjunto semejaban una artística representación del mapa de su vida. La voluminosa cabellera de crespos largos y marrones de tiempos mejores convertida ahora en delgadas lombrices blancas espaciadas en un cráneo manchado por el paso de los años. Destacaba su protuberante nariz marcada por bultos verrugosos, sobresaliendo por debajo de dos cuencas demasiado arrimadas la una contra la otra, decoradas por hebras desordenadas de cejas entrecortadas. Los músculos ganados a fuerza de laborar en el campo empezaban a mermar y sus anchas espaldas buscaban torcerse hacia adelante, creando una joroba que todavía tenía décadas para crecer hasta forzar su mirada hacia el suelo. Siempre vestía sin pretensión. No importaba si estaba de compras o cenando con algún personaje importante del pueblo. Vaqueros, camisa a cuadros, botas con punta metálica, sombrero oscuro de ala ancha, collar con huesos de falos de diferentes animales para protegerse contra los malos espíritus, soguilla roja amarrada a su muñeca, no tanto para el "mal de ojo" sino para acordarse de siempre agradecer y así atraer buenas vibras para él y para quien estuviese a su lado.

Era un hombre de poco hablar. No tenía siquiera un gato a quien conversarle. Le importaba un carajo lo que los chismosos del pueblo dijeran de él. Vivía en una mansión en las afueras del condado. Escogió ese lugar porque no le costaría un céntimo ya que se decía que la casa estaba llena de fantasmas iracundos y por tanto igual no se podía vender o alquilar.

Apareció un buen día luego del cataclismo que casi nos mató a todos. Nunca contó su historia. Igual los chismosos del pueblo se encargaron de rellenar páginas enteras con cuentos acerca de él. Yo me quedé únicamente con la idea de que de seguro perdió todo, incluida su familia, si alguna vez la tuvo. Era la conclusión más sencilla y menos cruel, comparada con todo lo que los voceros de nuestra pequeña comunidad inventaban.

La verdad, a mí no me importaba mucho ni su pinta, ni su olor, ni como vestía, ni dónde vivía. Lo que me atrajo desde el principio fue su soledad. Era claro que cargaba con un dolor incómodo. Lo podía ver, lo podía sentir cuando lo espiaba desde lejos. Su casa estaba en mi ruta diaria y siempre me tomaba un descanso bajo un sauce llorón que había crecido precioso, como si el mundo fuera el mismo de siempre, a pocos metros de su puerta principal.

De tanto encontrarme debajo de ese árbol; silenciosa, perseverante, tan solitaria como él; una tarde calurosa me hizo una seña para que me acercara. Me ofreció un vaso con agua y con su mano me invitó a sentarme en un tablón colocado encima de unos ladrillos. Una vez que hice eso, él continuó su tarea, martillando las maderas de la baranda en la galería exterior de su casa.

Nuestros encuentros se convirtieron en ritual del atardecer. Encontré refugio en él y él en mí. A veces ni siquiera necesitábamos hablar. Estar juntos, sentir nuestras presencias y la vida fluyendo entre los dos era suficiente para encontrar el valor de enfrentar un mundo que de tanto ser abusado explotó, forzándonos a los sobrevivientes a empezar de nuevo.

No recuerdo cómo, creo que fue él quien preguntó, que una de esas tardes le conté acerca de mi vida. Me abrí como nunca lo hice después del apocalipsis. Me expuse ante él. Solté lágrimas que no sabía que tenía que soltar. Él me escuchó en silencio mientras tocaba sus amuletos con la intención de conjurar las mejores vibras para mí. Entre todas las cosas que me permití decir entre rabiosos sollozos y calmantes suspiros, fue lo de la lista de canciones para mi funeral.

—La primera vez que quise hacer una lista de canciones para mi funeral, mi hija era chica y un tiempo después de anotar las canciones que le iba diciendo, un día me paró en seco y me preguntó si era una morbosa o qué… Lo pensé por un rato y decidí que tenía razón. Aparte que eran temas del momento, que me gustaban cuando los escuchaba en la radio. Nada de importancia, nada de relevancia… ya ni siquiera me acuerdo, así que no me pidas la lista… —le dije en una de esas mareas bajas de mi dolor.

—¿Y por qué no le pides a tu hija que te ayude? Seguro que se acuerda de algo. Debe haber sido muy chocante lo que le pediste, así que de seguro tiene todo eso tatuado en la mente —me preguntó.

—Ella ya no está —contesté.

Se entristeció con mi respuesta, pero igual halló algo bonito que decirme:

—Con lo poco que queda después de la hecatombe, asegurarte una despedida bonita es una de las pocas que puedes hacer… y la música es de lo último que queda intacto —me aseguró.

A partir de ese momento tuvimos algo por qué vivir. Puede sonar retorcido hacer algo así en un momento normal, como me lo dijo mi hija tanto tiempo atrás, pero cuando estás a oscuras por lo que parece una eternidad sentir un rayo de sol realmente te trae toda la felicidad del mundo porque sabes que existe esperanza.

Poco a poco nos fuimos descubriendo ante el otro. Crear juntos la lista de las canciones con las que nos identificamos nos llevó por las hojas de vida henchidas de personas que ya no estaban con nosotros, nos mostró momentos felices que habíamos olvidado, nos hizo procesar heridas que tapamos para no lidiar con ellas, nos indicó todo lo bueno que hicimos con nuestras vidas y nos dio momentos de intensa bondad hacia nosotros mismos al momento de perdonarnos nuestras deudas.

Mientras compartíamos nuestros pasados íbamos refaccionando algo en la mansión desde temprano en la tarde hasta bastante después de la puesta del sol. Tener una actividad nos daba un propósito. Nos tocó ser pintores, carpinteros, plomeros, electricistas, incluso exterminadores.

En pocos meses culminamos la tarea de tener un *playlist* para cada uno. La casa estaba ya como nueva. Fue entonces que decidimos vivir juntos y así darnos una nueva oportunidad.

Pensar en la muerte nos hizo desear la vida más que nunca.

Seleccionada para Cuéntale tu cuento a la Nota Latina 2023

Besos de ángel

Hoy amanecí besuqueada. Tres besos púrpura en mi brazo derecho, un beso inmenso, rojo como una manzana en primavera, perfectamente redondo y dulce encima de mi hondo ombligo. El más grande en mi labio inferior, al lado derecho. *Cherry angiomas* les llaman, angiomas de cereza. Dicen que son símbolos de la edad que aparecen en la vejez. Yo pretendo que son besos de ángeles celebrando mi nueva sabiduría, mi gnosis ganada paso a paso hacia la brillante etapa de esplendorosa madurez.

Mi príncipe azul

Caminaba pensando en mi príncipe azul. De pronto, algo inminente: del cielo cayeron unas flores blancas a mis pies. Miré hacia arriba, a tiempo para ver a un leñador caer sentado en su corcel de palo. En vez de espada llevaba en su mano un serrucho eléctrico. Quedé atrapada bajo él. Y en el apuro por extirparme de aquel aprieto, me partió el corazón en dos.

Chupete de gato

Para cuando su mamá encontró el gato congelado en la nevera, ya no había nada que hacer más que preguntarle a su hija porqué. «Para comprobar que Andrés me lo envenenó. Pero como no tenía dinero para hacerle los exámenes, tocaba esperar a la quincena». «¿Y Andrés?», preguntó nerviosa su mamá. «Andrés, en el río, pues. ¿Cómo crees? Aquí, en la nevera, ya él no entraba».

Jilguero que no puede cantar

Su hacienda tenía todo lo que alguien pudiera desear. Y sin embargo todas esas posesiones lo enfermaban, lo encarcelaban en una vida dorada sin propósito, ni norte, ni júbilo, pues él lo único que quería era ser cantante de plaza de armas de pueblo. Y eso, justamente eso que más deseaba, le estaba negado.

Gratitud tardía

Al sentir que caía en un vacío, el hombre gritó en la oscuridad: «Prometo ser más agradecido».

El guardián de la funeraria despertó de su duermevela al escuchar unos gritos, pero luego de hacer una ronda consistente en levantarse, caminar unos pasos y mirar en la sala en ese instante oscuro del velatorio, se regresó a su posición.

Al día siguiente, el tanatopractor sacó el cadáver de su cubículo en la congeladora y al abrir el cierre de la bolsa de plástico negro en que lo trajeron se encontró con que el semblante relajado del hombre que dejó listo para preparar la noche anterior mostraba ahora un gesto de pánico. *Otro que promete ser más agradecido después de morir*, pensó sonriente mientras se acababa su burrito mañanero.

El cura de Jequetepeque

"El cura de Jequetepeque está enjetepecado... aquel que lo desenjetepecase, buen desenjetepecador será..." resonó en su mente con fuerza y las palabras se formaron frente a ella como cada vez que empezaba a pestañear durante las reuniones de después de almuerzo. Ya iban varias semanas de esto, así que, curiosa, decidió investigar esa rima y por qué diablos apareció así, al parecer de la nada, en sus pensamientos. Aunque como estudiosa de la psicología humana con referencia a la publicidad y el mercadeo, ella sabía que los pensamientos no

se forman de la nada, que en algún lugar de su mente tendría que existir alguna referencia.

Empezó por buscar a Jequetepeque en el mapa. Como no le sonaba a peruano, pensó que estaría en Centro América, donde existen más lugares con nombres parecidos a Jequetepeque. Y entonces se enteró que quedaba al norte de Lima, en La Libertad. Para ser más exactos, en Pacasmayo.

¿Y el cura? ¿Quién es el cura y por qué aparece en mi duermevela? Ella empezó a pensar que algo le había pasado con ese cura en Jequetepeque. Y ya que se rumoreaba pecado… ¿eso quería decir que el cura le hizo algo a ella?

Estaba que echaba chispas cuando llegó a casa de su madre ese domingo para visitarla y almorzar juntas.

Su mamá le preguntó que qué le pasaba, que por qué estaba tan seria, tan ruborizada y con los ojos enrojecidos. Casi la acusó de estar drogada. No tenía explicación para lo que veía frente a ella ya que su hija era más bien alegre y juguetona. Chistosa, se podía decir.

Y entonces ella le contó.

Y su mamá se echó a reír mientras le explicaba que cuando era chiquita tenía problemas de dicción y que usaban diferentes trabalenguas, como ese del cura de Jequetepeque, para ayudarla a vocalizar mejor.

Narciso

Desde el otro lado de la barra Narciso la vio. Tenía la mirada hundida en su vaso, las ondas de burbujas subiendo hasta la impoluta espuma blanca, sus dedos debutando una nueva manicura perlada dando vueltas sobre el filo para luego bajar y acariciar la cintura del Pilsner que todavía no estaba marcado por sus labios color de un rojo casi naranja.

Narciso aprovechó que se encontraba sumida en las latitudes de esa cerveza dorada para observarla de proa a popa. Su cabello modelado a un estilo corto, casi *punk*, le permitía acercar su mirada más allá del perfil. Por su postura, un poco hundida de hombros, y su cabeza hacia abajo, la etiquetó como tímida. Por su bolso, elegante, pero no de marca, al menos no de marca visible, se le hizo humilde de personalidad, aunque no de billete. Estaba bien vestida y arreglada.

Decidió que como punto se le veía dentro de su rango de posibilidades fáciles. Una noche sencilla que desbordaría en el departamento de cobranzas. Cha chin por aquí y cha chin por allá. El universo una vez más cuadraba con él.

Se le fue acercando mientras tejía de a pocos la red en donde de hecho la atraparía. Si él tenía la sonrisa adecuada, el cabello en su sitio, el vestuario de moda, el cuerpo maravilloso, los movimientos masculinos. Si se veía a lo lejos que era un gran *catch*. Partidazo. Ella no se podría controlar. Apenas lo mirara a los ojos caería rendida a sus pies. Y luego de una noche juntos…

pues, ¿qué más decir? Luego de una probadita de ese cuerpazo, se entregaría de cuerpo y alma.

Avanzó Narciso, avanzó sumiéndose en un coro de alabanzas interiores que haría sonrojar a cualquiera. Eso del empoderamiento sí que se lo creía.

Ya podía aspirar su perfume, su billete pronto chorrearía dentro de su bolsillo. Estaba linda ella. Tímida, pero se veía bonita, diferente. La haría feliz por un rato. Le daría algo que no tenía, que nunca en su vida hubiese imaginado tener. Y es que él era un regalo. Todo lo que le daban las mujeres era a cambio de algo incluso más valioso: pasar un tiempo maravilloso con él.

Y entonces ya estuvo a su lado. Listo para las zalamerías. Movimiento número uno en ese *opus magnum* que tenía desarrollado. ¿A quién no le gusta que le hablen bonito? No le fallaba nunca. Tenía que afinar aquí y allá al gusto de la presa, pero siempre caían, no tenía pierde.

Y cuando por fin vio que era buen momento para hablarle, se dio con un obstáculo que en su vanidosa mente ni siquiera había previsto. La chica *punk* no estaba sola. A su lado se acababa de acomodar su novia y ya la estaba besando en la boca mientras que con un ojo abierto lo miraba a él y le mostraba su mano revestida con un puño de acero.

Pobre Narciso, con el rabo entre las piernas se tuvo que ir a otro bar y empezar con la danza otra vez.

Timor

El miedo lo acompañaba desde pequeño,
infundido con el primer llanto y la necesaria
acción de ser nombrado. A su madre Timor le
sonaba parecido a amor, eres un amor, mi amor.
Le era original. Estaba segura de que sería el
único con ese nombre en su clase, en su barrio,
en toda la ciudad. Lo que ella no sabía era que
ese nombre que le sabía tan especial era la
palabra en latín para miedo. Corto para timorato.
Hubiera elegido diferente de haber investigado
bien.

La vida es una tómbola

Siente a la parca respirándole cerca del cuello cada noche. Bazofia, pura bazofia le dice. *"La vida es una tómbola"*, le canta como disco rayado cada vez más distorsionado hasta apagar las luces festivas, cambiarlas por oscuridad profunda. Mar adentro lo lleva en el viajar de los sueños, susurrándole todo lo que le irá quitando. Poco a poco la sonrisa se le torcerá hacia abajo al perder cada día una facultad, un regalo del universo, una persona amada...

Y le pedirá a gritos que ya se lo lleve. Y la parca, inconmovible, cada vez le responderá: «Hoy día no. Tal vez mañana».

Pérdida total

En busca del tiempo perdido me apersoné
en el ministerio de devoluciones, llené un
formulario de tres páginas, lo entregué a un
funcionario muy serio en la ventanilla 999, al
final de un oscuro pasillo que parecía no tener
fondo, esperé a que me atiendan. El día se fue y
la noche empezó a avanzar dibujando sombras
sobre las filas de ingenuos sentados horas de
horas en estrechas sillas de aluminio. Incautos los
que se fían de la burocracia.

Por fin llamaron mi turno. Avancé a la ventanilla 666. *Muy apropiado,* pensé, *pues esto es como el infierno.*

«Se ha equivocado, señor», me dijo una mujer uniformada de apretadísimo azul, cabello recogido en tirante moño, boca sin sonrisa pintada de rojo candente, coqueto pañuelo en la nuca. «El tiempo perdido, perdido está. No hay manera de rescatarlo. Es una de las pocas que no podemos devolver. Si hubiese sido el amor o la sonrisa… Ahí sí que lo podemos ayudar. Pero el tiempo perdido, al igual que la muerte, no. Suerte con todo. ¿Algo más en lo que le puedo servir?».

Entre sueños y realidades

Despierta empapado en sudor. Demora en posicionarse dentro de su cuarto, su cuerpo, su realidad. Ha soñado un sueño tan vívido que pasa el día entero tratando de resolver el problemón en el que se ha metido la otra noche en el país de los sueños.

Guapo acosador

Desesperado por dinero, el hombre toma un trabajo como limpiador nocturno en un hospital. Es guapo él. Rubio, alto, de buen cuerpo. A pesar de su edad, sus abdominales todavía perfilándose debajo de la camiseta. El bronceado impecable. Sus brazos masculinos, torneados. Sus manos anchas, atractivas, con pocas callosidades. Todo en él parece indicar que alguna vez fue "alguien". Que alguna vez vistió ropa de marca. Que alguna vez tuvo la billetera llena y que debajo de sus ojos verdes no pendían bolsas de angustia.

Al final de la jornada lleva el hombre "la basura" a un lugar de acopio. Ahí, a solas, empieza su búsqueda, su tesoro, entre tanto mugrero.

Día tras día escoge algunos papeles para llevarse. Tarea casera. En esos papeles un diagnóstico. La cacería de una mujer rica y necesitada. Alguna desahuciada. Alguna sola. Alguna con harto dinero y nadie que la quiera en estos, sus últimos meses en este mundo. En fin, alguien que pronto lo deje viudo y bien, pero recontra bien, parado.

La escena del crimen

Mientras manejaba apurada, preocupada de desmayarse en cualquier momento y perder el control de su carro, la mujer podía sentir la sangre caliente brotando de la herida que se acababa de hacer, corriendo por su mano para depositarse en la bolsa de plástico cada vez más pesada en la que la envolvió antes de salir de casa corriendo luego de asimilar que aquel corte que se hizo en el dedo le estaba dejando la cocina como la escena de un crimen.

El tráfico de salida de oficinas le hacía difícil avanzar. A ratos lograba acelerar un poco para parar de súbito en pocas cuadras.

Manejaba con solo una mano, mientras la otra la mantenía estirada. Sufría pensando que de pronto la sangre acumulada en la bolsa se abriría paso y se derramaría por todos lados. Se puso muy inquieta porque no tenía idea de cómo limpiar sangre del forro de tela de las butacas de su carro.

De pronto todo a su alrededor empezó a cubrirse de una neblina pesada. Pensó en el hecho de que nunca se había desmayado. También se dio cuenta de que nunca había perdido tanta sangre. Ahora todo giraba en su mente. Le invadió un vértigo y por más que quiso los párpados no lograron mantenerse abiertos.

Cuando los médicos la recibieron en el hospital, cubierta en tanta sangre, especularon que se trataba de una víctima de un crimen violento. Si supieran que el inicio de todo ese drama se remontaba a la cocina de esa mujer, un cuchillo en su mano y la pepa de una palta que quiso remover. Por cierto, la palta que ella tuvo que abandonar era probablemente una de las mejores que había visto en su vida. Ahora ambas yacían bañadas en sangre.

Ser "normal" o "diferente"

Si todos se sienten "diferentes", entonces ¿quién es en realidad diferente? ¿El que se dice diferente o aquel a quien con sorna llamamos "normal"? ¿No será que en verdad dentro de lo que reconocemos como "normalidad" todos somos diferentes? ¿O tal vez que en una isla de "normales" el menos normal destaca? ¿Y por qué segregamos aquello que vemos como diferente por ser un supuesto ataque a la estructura, cuando es en realidad la mismísima originalidad lo que tememos y al mismo tiempo aspiramos?

Viene la lluvia

Llega la lluvia gruesa aliviando el calor. Viaja desde muy lejos para aparecer frente a mi ventana. Llega trayendo con ella el olor a pasto mojado, el verde intenso de las hojas anunciando su pronta aparición, el sonido a mar chocando contra las rocas. Llega trayendo con ella los recuerdos de mi niñez.

El piropo

El cuchillo de la edad traspasaba su corazón, sentía que moría cada día, que la vida se le escapaba. El espejo ya no le hablaba bonito. En sus arrugas se amontonaban los años. Destilaba un olor que no se parecía al suyo. Las palabras no aparecían con el mismo desenfado de siempre. Se volvía invisible, una señora. Era el momento de jugar a las estatuas, de ser digna y resignada esperar a la parca.

Lo que ella no sabía al esconderse en su casa, al ir perdiendo los amigos, al despedirse con anticipación de su vida, es que a la vuelta de la esquina se puede encontrar un elixir mágico que nos devuelva a la vida.

Y así mismo fue.

Un día, al recoger una ensalada en un lugar de comidas al paso, un hombre muy guapo la miró y le tiró un piropo de esos que te dejan sin aliento, de esos que sonrojan y te encienden de arriba abajo. Y entonces, por un efímero momento, ella se sintió viva, mujer, guapa como cualquier otra.

Ha pasado un tiempo. La mujer todavía no sabe siquiera su nombre, pero se ha vuelto adicta a las ensaladas en ese lugar, y a ese hombre, esa mirada, esas palabras que la regresan a la vida, aunque solo sea por un instante en una ventanilla en un lugar de comidas al paso.

Quémame

La mujer yacía acostada. El vibrador penetrándola con gusto. De pronto una chispa. Y no exactamente la chispa de la pasión. Su amante vio el fuego que se encendía en su pubis y no atinó a hacer nada. Salió corriendo.

La mujer despertó de su prolongado placer al sentir cierto dolor acompañado del olor a carbonizado. Volteó y vio su pubis convertido en antorcha. Tiró una toalla para apagarlo. Aulló de horror, de pánico.

El chillar de la ambulancia la esperanzó. Luego no supo qué hacer. La vergüenza. La explicación fraguándose en su mente. Detrás de los paramédicos entró su hija, quien también era su vecina. No supo qué decir al ver a su madre entradita en años lidiando con ese pavor.

Pronto en la habitación se escucharon risotadas. Permiso para olvidar lo vivido hasta el momento y concentrarse en devolverle la dignidad y, ojalá, el placer sexual a ese pobre órgano chamuscado.

www.ingramcontent.com/pod-product-compliance
Lightning Source LLC
Chambersburg PA
CBHW030147200626
46812CB00015B/1732